A' chiad fhoillseachadh ann am Breatainn le Farshore
An clò-bhualadh seo air fhoillseachadh ann an 2022 le Dean
Clò-bhualadh de HarperCollins*Publishers*
1 London Bridge Street, Lunnainn SE1 9GF
www.farshore.co.uk

HarperCollins*Publishers*
1st Floor, Watermarque Building, Ringsend Road, Dublin 4, Èirinn

© an teacsa Adam agus Charlotte Guillain 2022
© nan dealbhan Sam Lloyd 2022
Tha còirichean an ùghdair/dealbhadair glèidhte.
Clò-bhuailte san Rìoghachd Aonaichte le Pureprint, companaidh CarbonNeutral®
001

A' chiad fhoillseachadh sa Ghàidhlig an 2022 le Acair, An Tosgan,
Rathad Shiophoirt, Steòrnabhagh, Eilean Leòdhais HS1 2SD
info@acairbooks.com   www.acairbooks.com

© an teacsa Ghàidhlig Acair 2022

An teacsa Gàidhlig Mòrag Anna NicNèill.
An dealbhachadh sa Ghàidhlig Mairead Anna NicLeòid.

Tha Acair a' faighinn taic bho Bhòrd na Gàidhlig.
Gheibhear clàr catalog CIP airson an leabhair seo ann an Leabharlann Bhreatainn.

LAGE/ISBN: 978-1-78907-132-0   Clò-bhuailte ann an Sìona.

Riaghladair Carthannas na h-Alba
Carthannas Clàraichte
Registered Charity SC047866

AON BHANANA, DÀ BHANANA

ADAM AGUS CHARLOTTE GUILLAIN
NA DEALBHAN LE SAM LLOYD

trì
bananathan, **ceithir,**

nan suain a-muigh sa ghàrradh

nuair . . .

GLIONG!

Cò tha siud a' feitheamh?

Fàilte gu
Bungalo
Banana

Còig bananathan,

sia bananathan,

seachd bananathan . . .

Ochd

bananathan san leabaidh
nan aodach-cadail trang a' cleasachd.

"Car a' mhuiltein!"

dh'èigh bananathan, 's iad air an cinn nan seasamh.

Nuair ghairm làma geal 's a charaidean,
"Tha againn dhuibh cùis-iongnaidh!"

"Thàinig sinn," thuirt fear aca, gu mear, "às Na Bahamas.

Tha rèis làma gu bhith againn – thigibh còmhla rinn, mas àill leibh."

Seall air **ochd** bananathan
san rèis nan aodach-cadail . . .

"Bananathan!"

ràin muncaidh is e gan leantainn le ceud cabhaig.

Leum **ochd** bananathan
far làmathan –

is bu bhlasta iad
do Mhuncaidh.

"A ghia!
Ach ò, gur dè bha siud?"
ghlaodh Muncaidh is e tuiteam!

Thàinig dà bhanana thapaidh
is bha **deich** dhiubh a-nis cruinn.

Throid iad cruaidh ri Muncaidh,

"Ach ò, nach leig thu leinn!"

Ach bha Muncaidh caran acrach is e a' gearradh leum, gun diù.

Gach banana truagh a' clisgeadh is iad a' tuiteam sìos . . .

...dhan bhùrn!

Sìos, sìos

le splais

dhan uisge,
bun-os-cionn chaidh
gach banana.

"Murt mhòr!"
dh'èigh iad le uabhas,
"Seall, thall an siud . . . pioràna!"

A' snàmh nan aodach-cadail, deich bananathan nan èiginn,
Is gan sealg bha deich piorànathan le fiaclan biorach, geura.

Ach ò! Dè a-nis? An tuilleadh dragh?
Seall Muncaidh le canù!

An aire, a **dheich bhananathan!**
Oir 's ann oirbhse tha a shùil!

Deich bananathan bochda – bog fliuch is gu math fann,

Ach seall – a' tighinn gan ionnsaigh...

. . . long bhanana 's i na deann!

"Duilich!" ghairm an deichnear bhananathan le chèile.